Valeriano-Luigi Brera

Dell'asma timico de' bambini

Valeriano-Luigi Brera

Dell'asma timico de' bambini

Ristampa immutata dell'edizione originale del 1836.

1ª edizione 2024 | ISBN: 978-3-38666-996-2

Antigonos Verlag è un marchio della Outlook Verlagsgesellschaft mbH.

Verlag (Editore): Outlook Verlag GmbH, Zeilweg 44, 60439 Frankfurt, Deutschland
Vertretungsberechtigt (Rappresentante autorizzato): E. Roepke, Zeilweg 44, 60439 Frankfurt, Deutschland
Druck (Tipografia): Libri Plureos GmbH, Friedensallee 273, 22763 Hamburg, Deutschland

DELL' ASMA TIMICO

DE' BAMBINI

MALATTIA FIN' ORA POCO CONOSCIUTA E CURATA

Cenni Patologico-Clinici

di

VALERIANO-LUIGI BRERA M. D.

Consigliere di Governo di S. M. I. R. A. Professore Emerito Pensionato di Terapia Speciale e di Clinica Medica Superiore dell' I. R. Università di Padova, e Prof. Emerito di Patologia e di Medicina Legale della Pontificia Univers. di Bologna; Membro del C. R. Istituto Lombardo-Veneto, e Pensionato fra i XL Attivi della Società Italiana delle Scienze Residente in Modena; Medico in Venezia ec. ec.

COLL'AGGIUNTA

DI UN CASO DI LITOTRIPSIA

OPERATO DALLE ACQUE DI RECOARO

IN VENEZIA

DALLA TIPOGRAFIA DI G. B. MERLO

1836

ASMA TIMICO DE' BAMBINI

malattia fin' ora poco conosciuta e curata

Sono talvolta i bambini assaliti da accessi di soffocazione, che sospendono in essi la respirazione, ed offrono l'apparenza dell'asfissìa; i quali si manifestano dapprincipio lievemente e di brevissima durata, si fanno in seguito più frequenti, più gravi e più lunghi, e finiscono colla morte. Insorgono soprattutto questi accessi, quando il bambino si risveglia, deglutisce, o piange, nel qual ultimo caso lamentevole ne è il tono della voce. L'opinione generale attribuisce allo spasmo ed alla verminazione questa per lo più micidiale malattia infantile, ed i Medici osservatori l'hanno considerata quale varietà dell'asma di Millar; dacchè gli accessi vi si rassomigliano assai, e riescono distinti solo per essere d'un andamento più cronico, più frequenti e di durata più breve. Già il Dott. March di Dublino ci avvisò della morte di un bambino avvenuta per effetto di spasmo della glotide: ma per difetto dell'autopsìa cadaverica la di lui osservazione non rimase calcolata. Lo Scozzese Hood, avendo sezionati sette bambini vittime di questo spasmo, rinvenne in essi la glandola timo d'una grossezza preternaturale. Da questi fatti risvegliata l'attenzione degli osservatori, si trovò, che i distinti Medici Torinesi Richa e Vedreis avevano già da un secolo all'incirca pubblicato, che l'asma dei bambini era spesso cagionato dall'ipertrofia del timo. Il sommo nostro Precettore P. Frank dettava dalla cattedra di Pavia, e scriveva nel prezioso suo *Epitome*, che nell'asma infantile le glandole bronchiali e il timo si sono trovate frequentemente di straordinario ingrandimento; la quale osservazione fu da noi stessi ripetuta in Padova l'anno 1810 in un bambino di poche settimane della famiglia Bolognese de'Conti Zambeccari rapito da insulti affini agli accessi del sovraccennato asma Millare. Ma dobbiamo al Dott. Kopp di Königsberga la verace scoperta di questa malattia, il quale, fornito di buon numero di osservazioni proprie e de'Dottori Hirsch pure di Königsberga, Rullmann di Wiesbade, Tritschler di Kannstadt, e Ulrich di Coblenza, ne ha tessuto una storia dettagliata, che lesse nell'adunanza tenutasi in Heidelberga dai Medici Naturalisti della Germania, da cui risulta, essere fenomeni costituenti l'asma timico: 1.° la periodica sospensione del respiro accompagnata da gridi acuti e da segni d'ansietà; 2.° la ricomparsa di questi accessi asmatici soprattutto quando il bambino si risveglia, grida e si sforza per deglutire; 3.° lo sporgimento abituale dell'apice della lingua, che si mantiene protuberante fra le labbra; 4.° lo sviluppo e la presenza del trismo negli accessi che precedono la morte. L'effettiva ed immediata condizione patologica di questa malattia è in fine dal Dott. Kopp determinata nell'eccessivo sviluppo del timo, per cui rimangono in istato di pressione le vie aeree ed il centro della circolazione.

Questa malattia è più frequente di quello che generalmente si crede, e pare sia stata fin qui confusa coll'asfissìa e coll'asma di Millar. In molti bambini spesso si osserva, che quando essi gridano, la respirazione si arresta ad un tratto, e rimane talvolta per lungo tempo sospesa fino ad indurre la soffocazione. Il Dott. Kopp opina, che un tale fenomeno, che ordinariamente persiste fino all'età di quattr'anni, è dal più al meno da attribuirsi all'ipertrofia del timo.

Suole l'asma timico attaccare i bambini dalla età delle tre settimane fino ai 18 mesi, e più frequentemente fra i quattro e i dieci mesi. È caratterizzato da spasmi di petto e da ansietà in forma di accessi, durante i quali il respiro manca ad un tratto, e appena si distingue una lievissima inspirazione incompleta, brevissima e sibilante, come se l'aria attraversasse la glotide col sommo della difficoltà. Il suono, che accompagna queste inspirazioni, tiene molta analogia coll'inspirazione sonora della pertosse, ma è più sottile, più acuto e più elevato. Alcuni bambini operano cinque o sei inspirazioni di slancio sibilose, poscia più profonde e penose, alternandole con una espirazione appena sensibile, che nello strepito ha molta affinità col suono dell'angina croupale giunta al massimo della sua intensità. Negli accessi violenti compiutamente si sospende la respirazione. Il grido acuto, che si fa sentire nell'inspirazione, lo si osserva tanto nel principio del parossismo, in cui rimane bentosto estinto dalla sospensione del respiro, quanto sul declinare del medesimo, allorchè il piccolo infermo riacquista di nuovo la facoltà di respirare. Questo grido è un segno costante e patognomonico della malattia, e ricorda il grido delle isteriche e de' cardiaci, in cui sembra essere cagionato da condizione spasmodica irradiatasi fino al collo. Gli altri fenomeni, che successivamente sopravvengono nello sviluppo del parossismo, sono conseguenze naturali della sospesa respirazione, e perciò come tali sono da aversi la violenta retroversione del tronco, o la caduta al rovescio del bambino quando l'accesso è intenso, la sua fisonomia esprimente un'ansietà dolorosa, la sua faccia prima cerulea e poscia pallida, il movimento delle pine del naso, gli occhi fissi, le mani fredde, i pollici serrati, e le escrezioni qualche volta involontarie. Lo accennato accesso è per lo più della durata di mezzo minuto; ma alle volte si protrae fino a due, a tre minuti. Finito l'accesso, il bambino piange ancora per qualche tempo, rimane sofferente, e non si trova di voglia; ma bentosto si fa tranquillo e riacquista il suo umore abituale. I bambini delicati, oppure anche i robusti dopo accessi violenti, rimangono per un tempo più o meno lungo pallidi, abbattuti e disposti al sonno. Negli intervalli liberi godono in apparenza di perfetta sanità, e non si distinguono dai bambini perfettamente sani. Taluni per altro anche nel corso delle intermissioni non lasciano sentire distintamente i movimenti del cuore, e in tutti poi, sia all'atto dell'accesso, sia passato questo, l'apice della lingua è dal più al meno protuberante fra le labbra. Gli accessi soffocativi sogliono per lo più manifestarsi allorchè il bambino si sveglia, grida, o si irrita, vuole inghiottire con avidità, e, generalmente parlando, opera movimenti, in cui gli organi della respirazione sono in modo particolare interessati. Essi sono dapprincipio rari, e non insorgono che da otto in dieci giorni circa, a poco a poco si fanno più frequenti e sono più facilmente provocati, e in fine compaiono da dieci in venti volte nel corso della giornata. Non di rado ne avviene la morte in quest'ultimo periodo scoppiando veemente l'accesso, che fulmina il bambino nell'atto che sta rallegrato dal riso o dal giuoco. Il più delle volte però la malattia passa da un primo ad un secondo stadio, il quale viene caratterizzato da convulsioni generali epilettiformi, che si alternano coi descritti accessi asmatici. Giunta la malattia ad una tale epoca, i muscoli lombricali delle mani e gli adduttori dei pollici acquistano un'attitudine contratta, che conservano anche nelle intermissioni. La morte in questo stadio è l'effetto di un accesso di soffocazione apopletica, e spesso appare cotanto istantanea da mentire un colpo fulminante senza alcun segno precursore. I polsi sono sempre quali sogliono essere nelle affezioni spasmodiche accessionali.

Nell'autopsìa cadaverica i primi segni, che si affacciano, sono quelli dell'asfissìa. Livido è il colore della pelle, e stasi sanguigne s'incontrano nel cervello e ne' polmoni: il cuore è flaccido, e talvolta rimane aperto il forame ovale: ma il fenomeno più costante e insieme più essenziale è l'.ipertrofia del timo. L'eccessivo sviluppo di questa glandola si opera in lunghezza, in larghezza e il più sovente in spessezza. Ridotto il timo al sommo grado di spessezza, i polmoni rimangono compressi e posteriormente sospinti, per cui si contraggono adesioni più o meno estese e profonde coi grossi tronchi arteriosi, venosi e nervosi del petto e del collo. Non di rado la massa del timo resasi fimbriata circonda e stringe intieramente questi organi. Il tessuto glandolare del timo appare talvolta affatto normale, ma nel massimo numero de' casi lo si osserva più denso, più rosso, più carnoso, senza traccia però d'infiammazione, d'induramento, di tubercolizzazione o d'altra degenerazione organica: mediante l'incisione ne cola il più delle volte un umore lattiginoso. Il suo peso in generale varia da 6 in 7 dramme; ma se n'è osservato oltrepassare eziandio quello di un'oncia. Giunto il timo ad un tale stato d'ingrandimento, ha potuto cotanto estendersi da avviluppare ad un tratto nella cavità del petto più organi e più tessuti. Egli è in tal guisa, che lo si osservò in un caso estendersi largo due pollici dalla glandola tiroidea fino al diaframma, comprimendo e serrando gagliardamente l'aspra arteria ed i sottoposti polmoni, cuore, vasi, nervi, ec.; in un altro aderire pure alla glandola tiroidea, e coprire tutto il cuore in guisa che durante la vita doveva renderne difficili e penosi i movimenti, i quali perciò non erano di fatto sentiti; in un terzo operare pel suo volume la compressione de' lobi del polmone con tale e tanta forza da mantenerli sospinti e coartati nella parte superiore, media e posteriore del petto; in un quarto occupare tutto il mediastino anteriore, e, componendosi di moltissimi piccoli lobi e di due più grandi, avviluppare le vene jugulari, le arterie innominata e carotide destra, e coprire intieramente il pericardio.

La durata dell'asma timico varia dalle tre settimane ai venti mesi. Alcune volte scorre qualche mese, senza che appaia verun accesso. Ma una circostanza straordinaria, o una lieve affezione intercorrente ne risveglia gli accidenti. Possibile ne è la guarigione nel suo primo stadio, e in allora gli accessi nel corso d'una a tre settimane si fanno sempre più miti e più rari fino a che intieramente svaniscono. Qualche volta per altro la malattia si è mantenuta per due anni.

Fra le cause predisponenti all'asma timico sono da annoverarsi la debolezza costituzionale del bambino, la discrasìa scrofolosa anche ne'suoi primordii, l'affezione polmonare, lo stato morboso dell'utero prima e durante la gravidanza, ed una certa tal quale disposizione della famiglia alle affezioni linfatico-glandolari. Ne favoriscono lo sviluppo le malattie bronchiali, la dentizione e quelle indisposizioni del basso ventre, in cui sono interessate le glandole mesenteriche.

L'asma timico può essere confuso coll'asma spasmodico di Millar, coll'idrencefalo cronico, e cogli accessi di irritazione morale dei bambini. Lo si distingue per altro: 1.° dall'asma spasmodico di Millar dal più gran numero e dalla durata più breve degli accessi, dalla costrizione di tutta la capacità toracica e dalla tosse secca, caratteristiche in questa, e mancanti nell'asma timico, non che nel tono della voce cupa e profonda che è propria dell'asma Millare; 2.° dall'idrencefalo cronico atteso che in questo i bambini si risvegliano per soprassalto, ritengono il respiro, e cadono poscia in uno stato analogo agli accessi dell'asma timico, quantunque, a dire il vero, sembra che spesso queste due forme morbose si trovino insieme complicate; 3.°

dagli accessi di irritazione morale ponendo mente all' indole guasta e irritabile del bambino in quanto che spesso succede, che gridando il medesimo in un momento di dispetto se ne arresta la respirazione e ne avvengono quelle conseguenze, che per tale motivo dissimo di sopra avvenire negli accessi dell' asma timico. L' abitudine, che acquistano alcuni bambini di ritenere il respiro, allorchè sono irritati, appunto non la si osserva che in questi frangenti, e giammai nell' atto di risvegliarsi, o di deglutire, come succede nell' asma timico.

Una tale malattia è adunque un' affezione particolare per l'età in cui si sviluppa, pe' sintomi che la caratterizzano, per l' andamento col quale procede, per le cause che la provocano, e per la cura, cui non di rado cede. Può quindi definirsi per una affezione propria dell' infanzia, caratterizzata da spasmi tonici dei polmoni, della glotide, della laringe e de' tessuti cardiaci, che si manifesta per accessi e s'irradia a poco a poco al sistema nervoso cerebro-spinale sotto la forma di convulsioni epilettiche, e finisce colla soffocazione, coll'apoplessia o coll' asfissìa; e dipendente affatto dall' ipertrofia del timo anche non alterato nella sua sostanza, che per effetto di volume e di peso comprime e coarta le vie aeree, il cuore, i grossi vasi arteriosi e venosi ed i nervi, de'quali organi rimane impedita la libera azione nelle rispettive loro funzioni.

Varie e differenti sono le indicazioni curative cui

occorre sodisfare per vincere questa malattia, che, lasciata a sè o male curata, deve necessariamente finire colla morte. Non è già che colla cura anche la più ben diretta si possa costantemente trionfarne; ma combattuta ne' suoi primordii, e finchè non si manifestano le convulsioni epilettiformi ne' bambini di costituzione robusta e poco disposti alle affezioni catarrali, si può con ragione nutrire la speranza di debellarla. Durante l'accesso v'è poco da fare: è solo indispensabile di collocare il bambino seduto col tronco un poco piegato in avanti, di percuotergli leggermente il dorso, e di spruzzargli dell'acqua fredda sul viso. Ogni altro soccorso riesce inutile a meno che, eccessivi emergendo i fenomeni di congestione cerebrale o polmonare, indispensabile riuscisse l'applicazione delle sanguisughe ai lati del collo o negli interstizi costali superiori. Cessato l'accesso e sussistendo traccie di spasmi, le piccole e graduate dosi d'acqua di lauroceraso, di tintura d'assa fetida o di muschio, e di cianuro di zinco sono impiegate col migliore effetto. Tolto l'accesso e scomparsa la spasmodìa, riesce indispensabile di rintuzzare la facilità, con cui esaltandosi cuore e polmoni viene provocata la congestione sanguigna in questi organi. A tal uopo, essendo robusto il bambino e più che normale la condizione de' suoi polsi, saranno da impiegarsi e ripetersi le sottrazioni sanguigne locali, i purganti frequenti ed energici alternati con una conveniente dose di acqua coobata di lauroceraso, o d'idrocianato di morfina, ed una dieta tenue e scarsa. Se il bambino è debole, delicato di nervi e disposto perciò alle spasmodìe, più moderate dovranno essere le sottrazioni sanguigne e le purgagioni, e converrà negli intervalli la prescrizione di tenuissima dose di muschio (p. e. 1/200 di grano tre, quattro volte al giorno), e di acetato di morfina. Ove si avessero insieme fenomeni di congestioni addominali, a queste pure dovrà essere rivolta l'indicazione terapeutica in modo e tempo comandati dalla loro condizione. L' ipertrofia del timo quale condizione patologica della malattia dovrà poi essere essenzialmente combattuta. Già il regime antiflogistico evacuante, che occorre impiegare, è pure mezzo efficace per arrestare l'eccessivo sviluppo del timo. Ma esso acquista un grado maggiore di attività allorchè è sostenuto dall'uso de'derivativi e de'risolventi i tessuti glandolari. Per la qual cosa riesce commendevole la pustulazione provocata sullo sterno col mezzo della conosciuta pomata di tartaro stibiato, o meglio di muriato di barite, e questa alternata con vescicanti ora all'uno ora all'altro braccio operati mediante la pomata di Losanna, o altra consimile di facile preparazione; giacchè le cantaridi schiette sono non di rado susseguite da perniciosi irritamenti, atti a suscitare nuovi accessi asmatici. Internamente convengono i mercuriali combinati agli antimoniali in formole adattate, il jodio ed il bromo preparati ne' modi più acconci, il carbone animale, gli estratti di cicuta, di calendula officinale, e finalmente anche le preparazioni aurifere, e tutto ciò a norma delle differenti cause, che hanno cagionata l' ipertrofia del timo. Con questi mezzi si è non di rado ottenuto il più felice intento, della guarigione cioè di una malattia, che ci si presenta ognora coi caratteri i più imponenti ed i più pericolosi. Questo felice intento coi metodi ora descritti si è conseguito dai Medici di sopra citati, e da noi pure in tre casi distinti osservati, uno in Firenze nel settembre del 1831, allorchè onorati dell' incarico di prestare la medica nostra assistenza a quell'Augusta Sovrana avevamo il bene di trovarci nell'Atene Italiana; l'altro in Trieste nel susseguente anno; ed il terzo recentemente qui in Venezia, e che fu pur quello che ci risvegliò il pensiero di estendere questi brevi cenni patologico-clinici, ma sufficienti per richiamare l' attenzione de' nostri Medici su di questa pericolosissima malattia infantile fin' ora poco conosciuta epperciò non curata.

CASO DI LITOTRIPSIA

operata dalle Acque di Recoaro

Frattanto che Chirurghi illustri e distinte Accademie si occupano nell' esame del merito della litotripsìa, e nel discutere fino a qual punto e in quali circostanze sia da preferirsi alla litotomìa, riuscirà al certo interessante la cognizione di un fatto in cui la pietra annidata nella vescica orinaria rimase spezzata per strati dall' azione delle acque della Fonte Lelia o Regia di Recoaro; di quel Palladio delle acque minerali, che ogni anno opera prodigi a vantaggio dell' umanità languente. Un Tirolese, vicino a compiere l'anno 70.mo di sua età, mi consultò in Recoaro nel luglio dello scorso anno 1835 per sentire, se senza danno della propria salute poteva continuare nella bibita dell' acqua della Fonte Regia di Recoaro da esso proseguita giornalmente pel corso di un anno, all' effetto di liberarsi da calcoli vescicali, da cui era travagliato. Esso m'informò, che cinque anni avanti evacuava tratto tratto della renella in un colle orine, la quale cessò di comparire nel 1834 dopo che aveva espulsi due calcoli subrotondi della grossezza degli ordinari piselli. Fu ciò non pertanto consigliato di recarsi in Recoaro ove passò 24 giorni del luglio 1834, e vi bevette ogni giorno 5, 6 libbre mediche dell'accennata acqua. Durante questa bibita, non ottenne verun effetto; ma, restituitosi a casa, orinò tosto alcuni frammenti calcolosi, per cui si determinò di riassumere ogni mattina la bibita di due libbre mediche di quest'acqua, che si procurava direttamente da Recoaro. Perseverò con tal metodo fino al secondo suo ritorno in Recoaro avvenuto il 14 luglio 1835, ed ivi incoraggiato da me e dall'egregio Dott. Beltrami, I. R. Ispettore delle Fonti, di riassumerne la bibita alla fonte come nell'anno precedente, cominciò tosto ad emettere, in un colle orine, molti pezzi di calcoli evidentemente infranti, di grandezza varia, fino al numero di 14, i quali tutti insieme avrebbero formata una delle più grosse pietre di vescica, che non sarebbe stata estratta colla litotomìa, nè presa e stritolata coi nuovi stromenti litotritori. Questi pezzi calcolosi rotti in varie dimensioni e direzioni, e di figura più o meno concoide, erano da un lato leggermente concavi e levigatissimi, e dall'altro qualche poco scabrosi, e convessi in guisa, che evidentemente risultavano essere stati pezzi di strati calcolosi gli uni agli altri sovrapposti, distaccati e rotti in frammenti con ispigoli dolci e rotondati. Apparivano nella faccia convessa di un colore giallastro pallido al pari di quello della crosta di pane di frumento leggermente cotto, e nella faccia concava levigatissima di giallo-oscuretto. Assoggettato uno di questi calcoli all'analisi chimica dal ch. sig. Cenedella, lo si trovò composto di acido urico nella massima parte, di traccie di materia albuminosa e gelatinosa, di fosfato di calce e di magnesia, di muco vescicale, e di materia gommoresinosa. Onde comprendere come siasi operata dalle acque della Fonte Regia di Recoaro l' esfogliazione a strati e la rottura de'medesimi in questo calcolo, bisogna richiamarci alla mente, che i carbonati solubili valgono a disciogliere l'acido urico, per sè stesso quasi nell'acqua insolubile. Contenendo perciò le dette acque del carbonato di calce in abbondanza mantenuto disciolto dall'acido carbonico, questo, passando indecomposto nella vescica orinaria, ha determinata a poco a poco la combinazione dell'acido urico, ed il poco acido carbonico sarà rimasto libero. Ma quantunque l'azione de' carbonati sull'acido urico sia lenta, l' individuo, che evacuò il calcolo, avendone continuato per assai lungo tempo la bibita, ne venne, che da un' azione lenta e continuata l'acido urico formante la parte principale di questo calcolo siasi a poco a poco combinato alla calce dell' acqua minerale, ed abbia così formato un urato solubilissimo, che sarà stato di tratto in tratto espulso colle orine. Mancando poi al calcolo l' acido urico, che ne era il principale componente, gli altri principii rimanendo isolati si saranno essi pure dispersi fra l'orina, ed ecco che, diminuito il volume, il grosso calcolo fu ridotto anche in frammenti per la chimica azione dissolvente del bicarbonato di calce solubile, e l'individuo, che ne era affetto, ha potuto così rimanerne liberato. Ulteriori dettagli e convenienti riflessioni sul conto di questa interessante osservazione formeranno il soggetto di una Memorietta che sarà inserita nel nuovo volume delle *Memorie della Società Italiana delle Scienze residente in Modena, detta dei Quaranta,* cui ho l'onore di appartenere. Egli è frattanto ben dolce di annunziare, che possiamo liberarci dalla presenza della pietra in vescica, della composizione sovraindicata che è la più frequente, senza ricorrere nè alla *litotomìa,* nè alla *litotripsìa,* le quali operazioni, per quanto riescano talvolta felici, sono sempre tremende e spesso pericolose pel fatto dell'infermo, dell'operatore, ed anco degli stromenti che vi sono impiegati.